不能當封面，當第一頁也不錯啦！
接下來……是看粉開軍團介紹乙～

粉口愛
豬哥亮的髮型
，花花的小洋
裝，是偶不變
的最愛唷！

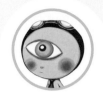

粉聰明
個性善良又聰明的偶，
願望是世紀和平哦！

粉奇怪
大人真的粉奇怪。
每次都說偶倆小朋
友不懂啦！偶倆才沒
那麼笨啊！

粉愛你
偶粉愛粉愛妳喔
！雖然偶不太會
說話，看起來也
沒什麼表情……

粉飯想
天空的雲你好嗎？
路邊的小狗，在對
偶說話ㄟ～

粉愛吃
吃飽了才有精神
啊！不然肚子餓
偶會發脾氣唷！
小心偶咬你！

粉努力

偶知道努力不
一定會成功，
所以才要更努
力呀！

粉想睡

不知道為
什麼，只要一沒事做，
偶就會粉想睡。

粉無聊

ㄟ～～怎麼這麼
無聊啦！有事做
粉無聊，沒事做
更無聊！

粉緊張

哪是偶太緊張了
！是你們大人都
太脫線了啦！每
次都把好好的事
情搞砸！

粉小氣

偶是粉小雞。不是粉小氣！
還有啊……大人不是說節儉
是一種美德嗎？

偶……偶……
偶……偶……
偶……也要加
入看粉開軍團
啦～

COLORFUL

想太多

眼球先生◎圖・文

地球生活的不快樂，大部分是因為 想太多！

好希望可以找到 一種 維持快樂的方法，
但 其實悲傷在生命中 也很重要， 不是嗎？
如果我們 不曾悲傷過，
就不會 了解 快樂的感覺，
就像 沒喝過走味的咖啡，
就難 體會 香醇的完美。

有一天，睡過頭，沒吃早餐，故意翹班，坐上一台反方向的公車，走到一條沒有標示的路，自導自演著不合邏輯的故事情節，其他角色都是路人，甲乙丙丁，在冷空氣的協助之下，我變得冷靜而理性，這景況還真不是我所能預期，在別人 上班的時候 漫無目的的閒晃；我是一個這樣的人，做著這樣的鳥事。霎時，我有種 自以為叛逆的開心，找到一台販賣可樂的機器，20元一瓶，好像很酷的一口喝完，再度想像自己正在拍偶像歌手的MV，努力享受著 獨一無二的孩子氣。

也許吧！我就是這樣的一個人，
愛胡思亂想，愛鑽牛角尖，
容易悲傷，常常感到焦慮的一個人，
左思右想，企圖尋求一種救贖的解藥，
至今仍然沒有結果，於是我還是這樣，
T恤上的微笑圖案，並沒有幫助我多少，
可是 我相信，我 一定不會只是這樣，
於是 我開始努力，
努力 做一個快樂的人，
努力 做一個常常微笑的人。

在　醒著和睡著之間　有著什麼樣的關聯？
在　死去和活著之間　又有什麼樣的界線？
太陽升起的每一天　都是新鮮，
回憶裡有太多的　不完美，
我的人生　**太像一場夢境，**
好多感覺都是　重複的經驗，
24小時　和　365天，
我該　喜悅，　還是　皺眉。

我應該要學會冷漠，還是要繼續不斷地對事情認真，感情豐沛。地球生活似乎很容易受傷，要習慣互相廝殺的場面，真的很難，就算別人覺得我已經完全長大。也許是住在心裡的那個孩子又在鬧脾氣吧，我 才會 無法面對那麼多尷尬的局面，讓自己還是會傷心，還要假裝沒事，沉默不說話，讓你們以為我一切都好。

那就不要太認真啦，
不然真心就會換絕情歐！

為什麼這個城市總是塞車，
下班時會塞車，放假前會塞車，
大馬路會塞車，小巷口也塞車，
百貨公司會塞車，上山看花還塞車，
心情很好要塞車，難過痛哭還塞車，
我現在待的這個城市就是這樣，
那你住的那個城市也是這樣嗎？

給你住在玉山山頂，當野生動物管理員，
保證永遠都不會有塞車的問題，ok啦！

有些時候， 我覺得自己
很聰明、很獨立、很成熟，
驕傲的像一隻　不會被打倒的　老鷹。
有些時候， 我覺得自己
很膽小、很依賴、很自閉，
退縮的像　只能鑽進土裡的　蚯蚓。
這都是　我　嗎？
都是我可以選擇的　我　嗎？
還是其他的　地球人　也都這樣，
好矛盾， 好奇妙， 好心酸， 好無聊。

每個人都嘛是這樣，
你以為只有你們作家
才那麼多愁善感歐！

在這個世界，誰不是荒謬，說自己想說的話，漫無目的的行走，工作失去生活，生活像在工作，尋找不可能的幸福，幾乎不曾有過感動；在這個世界，誰不是荒謬，短暫虛假的快樂，總是覺得的寂寞，無法預期的人生，不夠彩色的作夢；在這個世界，誰不是荒謬，吃藥抵抗病痛，荒謬的以為自己不荒謬。

這篇繞口令，
因為太荒謬，
所以我看不懂耶？

是的，沒錯，在手機關了又重新開啟之後，日期顯示：2004.12.01，天氣陰與晴暫且不提，又是另一個我在地球的日子，我是誰？又過了幾歲？**身體像是不停運轉的機器，靈魂是維繫下去的真正動力，**還記得出門前選擇穿的白襯衫，以為會因為這樣多快樂一點。工作完畢吃上一頓宵夜，堅持這才是忙碌後的唯一消遣。時間不會永遠都停留在這個瞬間，而聖誕節就要來了，買棵應景的樹，白色好，還是傳統的綠？彩色燈泡是不可缺少的配件，也許，這兩樣都不適合我吧！待在一個不會下雪的城市，盲目對著黑色的天空許願，這行為可笑又有些膚淺，後來呢？後來的我又會如何，三點鐘，一個人坐在電腦面前，自以為認真的消遣，冬天的夜晚比平常更讓人想睡，身體的休息不算是真正的休息，腦細胞是鼓譟的吧！**無法控制的失眠** 更 **叫人氣餒！**誠實的面對還是深夜的今天，快樂與否誰都無法拒絕。**地球生活就是這樣，往前走，迎接另一個明天，向後退，記憶永遠都不夠完美。** 凌亂的桌子有著不同表情的排列，昨天看完的雜誌、上星期買的泡麵、東京帶回來的卡片、正在充電的手機，我，一個人在這裡不算孤單的坐著，想著一些事情，開始玩起自問自答的遊戲，現在的我，是哪位？

第一種忙裏偷閒…

哇！你的憂鬱也可以形容的那麼神奇，好殺歐！

有人說，我已經習慣這樣的生活， 忙碌的動作， 平凡的臉孔， 重複的路口， 凌亂的書桌， 雨天的憂鬱， 飯後的水果， 這公寓十足老舊，不高不矮我正在三樓，12月了，為什麼還是穿著短袖，泰戈爾的詩集反覆背頌，下一次的複習會是什麼時候？後來，我又聽說，杯子裡的水也會寂寞，不被拆開的信封，這秘密可以很久很久。天又黑了，在不經意的時候，準時七點，我會看到熟悉的主播，窗戶外面是趕著下班的陌生朋友，房子裡面是 我一個人 的宇宙。

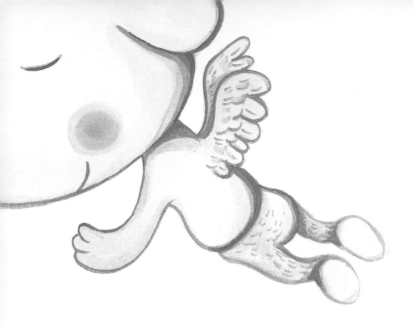

人的一生　可以　擁有很多寵物，
但寵物的　一生，
往往　只　陪伴一個主人，
讓　我們都　珍惜
彼此生命中的相遇吧。

LOVED 我們流浪動物心裡其實有多不爽你們知道嗎？

生、老、病、死，
生命就是這樣的　被發生、被決定、被選擇、被結束，
我　不知道　為什麼來到這世界？
也　不知道　為什麼要離開？
既然有那麼多的憂鬱，　那麼多的不確定，
那就　**努力做自己**吧！
當然還是會有很多的不喜歡，
但至少　**活得比較開心。**

就是嘛，人生難得來這一次耶，
下次不知道會變成什麼？好緊張！

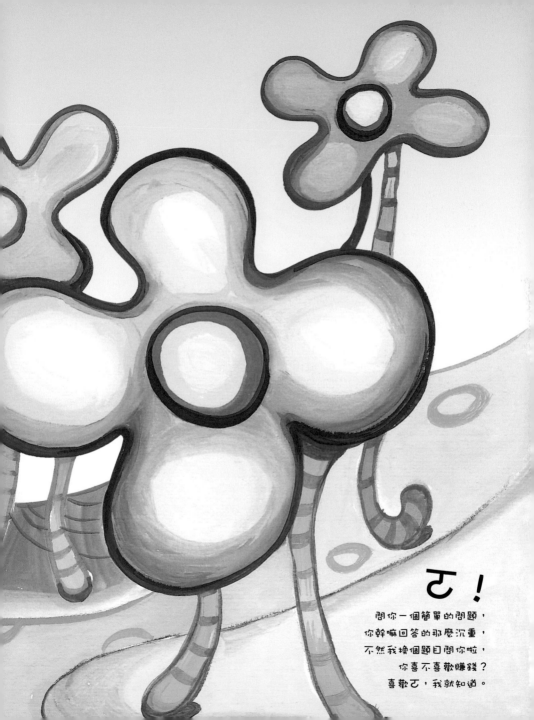

ㄛ！

問你一個簡單的問題，
你幹嘛回答的那麼沉重，
不然我換個題目問你啦，
你喜不喜歡賺錢？
喜歡ㄛ，我就知道。

這就是我的生活方式，

24小時都可以工作，

每一天 都可以 像假期，

避開人多的時候吃飯，

喜歡晴天卻怕熱，

朋友很多，

但 **選擇知心的好好把握，**

金錢和物質無法滿足我，

只好 **選擇簡單的過。**

我確定要孝順父母，

也希望大家愛護動物。

請問你有入選十大傑出外星人嗎？
好有想法歐！

在大人的世界裡，
　自己要小心一點哦 …

真的，就算自己已經是大人了！

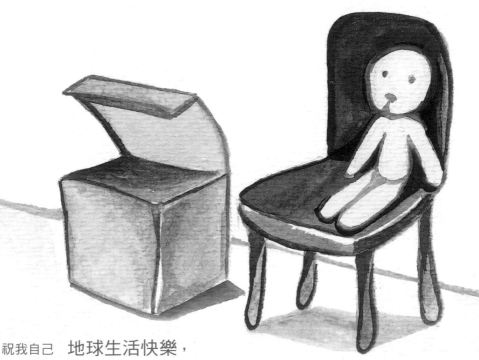

祝我自己　地球生活快樂，
　　　　這　小小的　願望感覺好偉大！

因為 人生就是這樣，不快樂的事情 永遠都無法避免。
我是快樂的出生嗎？又是怎樣變老？確定得了重感冒，我 想微笑的死
掉。 你們都說我很聰明，其實我什麼都不知道。風吹海浪搖啊搖，命運大
海中的這條小船，不能輕易地被打倒！

這種勵志方法有一點玄耶！
為了避免誤會發生，
你可以講簡單一點嗎？大哥！

問：走路要靠哪邊呀？請問一下？
答：不會被撞的那邊，笨蛋！

昨天，我跟我的偶像一起喝英式下午茶，在一陣沉默之後，她說：「手工餅乾熱量太高、花茶應該不要加糖、桌上的植物最好是紫色玫瑰、椅子的雕花必須是巴洛克……」她離開前的最後一句話，是這麼說的：「下次不要這樣，好嗎！」我想了很久，直到回家才想到我的回答：「偶像，**你好囉唆哦！**」

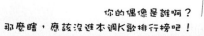
你的偶像是誰啊？
那麼瞎，應該沒進本週K歌排行榜吧！

你覺得我是怎麼樣的一個人？可以直接告訴我，
好跟不好都可以說，我 應該 不 會 生氣！

深呼吸，放鬆，**等待心情變好** 的那一秒鐘，
我會開心的笑，一直笑，一直笑，然後，又不笑了！

一直笑下去也不是辦法啦，
休息一下是好的！

身處在這樣的一個城市裡，

有時 覺得自己充滿自信，

可以 抵擋任何惡勢力，

可是 又有更多的時候，

覺得自己 只剩微弱的呼吸，

耗盡力氣。

我在喃喃自語，

希望隨時能夠改變命運，

遇到更好的工作，

擁有愉快的表情。

人生就是這樣才有趣啊!
如果永遠都只有順境,那才真的是見鬼啦!

長大了以後就要變成這樣嗎？童年的夢想真的不能實現嗎？小時候一直希望快點長大，唸書時希望趕快工作，現在想想，原來 **現實生活比想像中的困難許多**，我們都在努力的讓自己更好，也在這過程中不斷的跌倒，那就回到從前，做個長不大的孩子吧，就算遇到再多的不開心，也會一下子就忘掉。

這裡說的是要保持赤子之心，
智商還是大人的歐，千萬不要誤會了。

生命是無常的哦！
所以 要珍惜現在，
愛護活著的自己，
還有週遭一切和自己有關的生命，
不為太多理由，
只因為這難得的相遇。

我在尋找一頂適合自己的好帽子，
這年頭，想要**擁有一頂自己
喜歡又真正適合的帽子
，真的很難**，我走遍大街小
巷，費盡心力，還是遇不到像樣的
那頂，於是我開始自暴自棄，走進
一家廉價的理容院，剪學生頭的那
種，什麼也不要求，讓粗心的助手
把自己的頭髮搞砸！這就是我。對
了，你找到適合自己的帽子了嗎？
還是你根本不適合戴帽子。

這裡說的帽子，
不是真正的帽子啦！
是在比喻自己的理想啦，
所以我說作家很愛故弄玄虛耶！

用自己覺得好的方式，過這一天，還是過每一天？生活中有太多事情都不是自己願意，我為什麼生在這個家庭？熱門的科系與成功的關聯？上班就一定要鉤心鬥角嗎？又一個我不喜歡的人喜歡我？空氣污染怎麼那麼嚴重？好朋友都買房子了啊！有時候連自己都不喜歡自己，甚至懷疑鏡子裡的那位長相有問題？好多的矛盾，好多的心情，有些我笑笑就好，大部分我都無法決定，那就用自己覺得好的方式去看待這個世界，去度過每一天吧。

生活 需要一點空白，
有時候 是大睡一覺，有時候 只是傻傻的笑，
我們都知道要珍惜時間，也都很會浪費生命，
在電視機前面瘋狂的轉台，聊個天把認識的朋友都說盡，
上網上到肌肉發酸，堅持夜晚比較適合思考，
相信熬夜的上千種理由，原諒不請自來的黑眼圈。
忽然，窗戶出現曙光，又天亮了，
暗自責怪自己對時間的分配。

晚上11點到1點是美容覺時間，要記得歐！

享受 寂寞的況味，孤單 是必然結果；

憂鬱時 加件外套，悲傷時 喝杯紅酒；

好久不見的聚會，結束時要 互道珍重；

熱鬧的十字路口，請快速通過；

強忍著 心中的痛，只是因為 不想在這時候難過。

旋轉木馬的記憶，彩色失焦的轉啊轉；

棉花糖最愛這樣轉，天空的雲也是這樣轉；

感情也是這樣嗎？ 習慣了他 卻不喜歡他，

要去習慣另一個新的人了嗎？

地球上有成千上萬個故事流傳，我的故事也被迫流傳。

旋轉木馬的記憶，彩色失焦的轉啊轉，

棉花糖最愛這樣轉，天空的雲也是這樣轉，

天天天天轉啊轉，我也曾經轉啊轉。

原來 我們都是旋轉木馬，都是棉花糖，

後來 我懂了，開始有一點難過，

我是地球人 也是外星人，我是快樂的 也是悲傷的。

「只要找對了方法，就可以多快樂一點。」

我說：「那是個難題，需要很多的失敗和更多的勇氣。」
你說，我會這樣想，表示我很有變快樂的天份，可以好好的努力！
這說話的方式很像鼓勵，我笑而不答，結束了這尷尬的話題。

有誰可以告訴我 存在的意義？
有誰可以告訴我 旅行的意義？
有誰可以告訴我 生命的意義？
有誰可以告訴我什麼才是 真正的意義？
好多事情需要好多意義，
渴望解釋讓問題變成滿意。

生命中有很多的事情，本身其實完全沒有意義，是我們自己想太多啦！

有時候孤獨也不是不好，可以馬上決定看什麼電影，去哪裡旅行，吃奇怪口味的餐廳，唱沒有人搶的KTV，沒有遲到的擔心，一個人想事情沒有反對的聲音，**一個人的自由也可以開開心心。**

人就是這樣，自然捲要離子燙，皮膚白還花錢曬黑，
人少怕孤單，人多嫌嘴雜，沒聽過有一好沒兩好嗎？

我們要珍惜現在的人生，
好的不好的都一起珍惜！

要打起精神歐！就算現在還無法馬上恢復微笑。生活中總是要面對不斷的打擊，剛好的傷口又被迫再痛一次，我沒有更好的方法讓自己變強壯，只好提醒自己要打起精神，記得出門要穿的有自信一點哦！這樣就算孤獨的走在路上，畫面也不會看起來太難過。

小心

真的，心情不好，還不打扮，看起來真的會很衰歐！

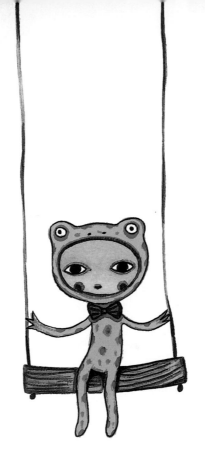

氣象報告說今天會下雨，溫度還會持續降低，還沒出門就覺得沮喪，藍色的那把雨傘其實不方便攜帶，好看的鞋子又不願意碰水，這種天氣最容易遲到，都市生活的不美好。於是，我選擇了坐上計程車，決定用最快速的方式解決這麻煩的一切，途中在高架橋上，隔著透明車窗，我發現了雨水中的景緻，模糊卻帶著一種變形的唯美，看著看著也同時體會，原來 **很多人生的酸楚**，都是因為 **我們站在不同的角度觀看**，那些自己 **討厭的不美好**，其實 **並沒想像中的那麼糟**。

我們都在地球，只是在不同的地方，不同的角落，用 不同的方式，過不同的生活，偶爾，我們會相遇，有點陌生的打招呼，繼續過各自的生活，都 希望日子可以更好，於是，在某個地方，我們各自許願，然後，又在某個地方，一起等待微笑的來臨。

下一秒我會 **快樂**嗎？
下一秒我會 **悲傷**嗎？
下一秒我會 **存在**嗎？
下一秒我會 **消失**嗎？
下一秒我會 **自由**嗎？
下一秒我會 **這樣**嗎？
下一秒我會 **清醒**嗎？
下一秒我會 **了解**嗎？
下一秒我會 **遲到**嗎？
下一秒我會 **失去**嗎？
下一秒我會 **得到**嗎？
下一秒我會 **想飛**嗎？
下一秒我會 **冒險**嗎？

只要我們活著，就會不斷的出現下一秒，

它 **也許很渺小**，但 **一直很重要**，

我們的人生，就是需要很多很多的下一秒。

看完這篇，
多花了我好幾秒！

可以和一個人說話，

可以和一群人說話，

可以和自己說話，

我可以一直說話，

也可以都不說話，

會忘記說過的話，

聽不懂奇怪的話，

想一些可能的話，

看透了虛偽的話，

跟一隻聰明的狗說話，

發明了快樂的話，

我們每天都在說話，

記得 多說 好聽的話，

少說 別人的壞話。

安靜的時候，

可以 就只是發呆，

可以 聽很小聲的音樂，

可以 喝薰衣草的奶茶，

可以 看悶悶的電影，

可以 想不太有趣的事情，

可以 計畫一趟像是寂寞的旅行，
可以 偷偷的自以為很憂鬱。

可是，我只要一安靜就會想睡覺耶！

花朵向太陽 坦白，

紅色向熱情 坦白，

如果向懷疑 坦白，

我向一隻忠實的狗 坦白，

生活之中有太多的奇怪，

來不及看透，也不知道喜不喜歡，

於是， 我向自己的影子也同時坦白，

坦白 需要勇氣，

坦白 需要智慧，

坦白更 需要幽默感。

坦白歸坦白，
有時候說一點小謊也是不得已的啦！
歐，這年頭，
人在江湖身不由己！

這年頭，向前走也需要勇氣，因為你不確
定自己適不適合這樣，也不知道前面會不
會遇到強敵，有時路人還會送上一聲冷冷
的嘆息。於是發現，向後退才是最新的話
題，這道理看似新奇，又有些不切實際，
然而，**生活中很多時候，就是
需要 這樣反骨的邏輯，**當我們在
跟別人不一樣的時候，才不會只是擔心。

在很熱的初秋，我其實不太有想法，是天氣的緣故，還是我心情真的很糟？計算日子變化的速度，這行為似乎很蠢，要做個稱職的上班族，還是當個瀟灑的無業遊民？地球生活就是這樣，還是地球生活只能這樣？我是聰明的嗎？還是有著太多的自以為是？提早下班去看一場無聊的電影，笑一笑也好，嚇一下也罷，日子 可以過得充實， 也 可以沒啥意義， 我 還是 我，最新的想法是 要活的帥氣。

沒想法就可以說這麼多，
有想法還得了？

讓我們 想一想 吧！對於 天氣，對於 和平，對於 生活，對於 惱人的壓力，對於 晚餐要吃什麼，對於 看過的書籍，對於 虛偽的政治，對於 理想的愛情，對於 漏水的屋頂，對於 不好的事情，對於 中獎的號碼，對於 10元的意義，對於這個 不確定的年代，對於很多 大大小小的事情。

想太多會有白頭髮歐！
還會腦神經衰弱，
不要說我沒提醒你！

像這樣的一條領帶，我想不
會引起太多人的注意，它的
造型還算簡單，顏色也不特
別突出，有著自己的小小個
性，**努力生活** 也 **充滿**
自信，熱愛生命 卻 **道**
不出原因 ，有一天它說
：**待在城市裡， 需要**
足夠的幽默感， 才
會 活得開心。 於是，
我開始尊敬這小小的生命。

當我們同在一起的時候，我們就
變快樂了，一起說不喜歡的人，
一起去看人多的電影，聽聽彼此
的抱怨，笑笑無聊的話題，偶爾
也會有不爽對方的時候，但過一
下就好了，原因是什麼？因為
我們真的是好朋友。

好朋友功能真的很多, 可是,
首先你要先確定他是不是你的好朋友,
以免發生慘劇!

炎熱的夏日午後，
需要補充大量的水份，
孤單的 地球生活，
需要 補充大量的友誼，
我們就是因為這樣而聚在一起，
日子就是因為這樣而變得有趣，
那麼來乾杯吧！
我的地球友誼。

這是我送給自己的禮物，縱使我的生日已經過了很久(其實也不是真的很久)，雖然不曾有朋友向我表示祝福，但我反而覺得快樂，因為他們知道我喜歡這樣偷偷的度過，就像是日曆中不曾有過這天，高級精緻的手工蛋糕，免了，徹夜狂歡的超大包廂，免了，這天 不過就是明天的昨天， 這天 不過就是後天的前天， 我安靜的等待新的一天，反覆看著手機上的數字變換，身上的T恤有些汗味，常聽的音樂過度熟悉， 對待這一天， 就像每一天， 原來，這才像是本人的慶祝方式。

不知道牠是貓還是狗？是人還是猴？從牠過於
平凡的外表之中，我實在很難辨別，只能確定
牠是哺乳類的某種生物。我們目前語言不通，
原因是我不會說牠的語言，但我感覺得出來，
這不知名的動物牠想要表達什麼，一種很難言
喻的心靈溝通，這 世界有很多的生命
， 很多的不同， 不管 牠的想法你懂不
懂，我們 都必須要尊重。

對啦！不要再分你是什麼人？
哪裡人？還不都是地球人！

我對吃這件事情，
似乎並不是很敏感，
很難吃，
也許不難發現，
但是很好吃，
我就不擅長如何辨別，
就像面前這道午餐，
它一定不難吃，
但是有 **誰能告訴我，**
它有 **多好吃，**
很抱歉，
不知是誰的廚師，
還有眼前的義大利麵條們。

對於味覺不靈敏的人，
千萬不要請他吃大餐，很浪費！

朋友，你在尋找什麼？還是我替你想太多， 地球生活就是這樣， 24小時覺得不夠， 365天轉眼就溜走， 下一秒鐘我會悲傷，還是被快樂擁有，誰能回答，快告訴我，你能看到的是微笑的我，寂寞的心卻停在十字路口，還能拿到解藥嗎？今天的我沒想像中的快活，再受一次傷的瞬間，連花也枯萎了，我們都想要幸福吧！於是我選擇先治癒傷口，以便認真的生活。

這一篇很不勵志耶，建議刪掉！

寧願做 大海中的一
條小魚， 也不要在
小小的池塘中自
滿！ 我們都有可能成
為別人眼中的焦點，也
許是外表，也許是工作
，也許是運氣，也許自
己真的很行，無論如何
，還是要謙虛，因為我
們永遠都只是 大大世
界裡 的 一個小小
經過。

真的，大驕傲很討人厭！
尤其是那種超自信的嘴臉，很想給他一拳！
記得，人外有人，天外有天啦！

努力 不一定 會成功，但成功 一定要努力！別再抱怨運氣不好，嫉妒那個比自己差的對手，如果你真的準備好了，就可以隨時迎接挑戰，面對可能降臨的成功，至於這世界公不公平，直接告訴你答案：不公平。

對啊!所以我們要勇敢,不要怕失敗。
放心,我不會說國父革命的例子給你聽!

天空又是灰灰的嗎？

我沒有開窗，也不想在今天出門，

心事把它化成一頁頁的日記，

現在看來，我對自己其實不好，

桌上的水總是無味，也許我不適合所謂的明天，

買一張不斷旅行的機票，看來這才是真正的完美。

是啦，是啦，你這種心情不好的人歐，
去旅行會有幫助的啦，可是要選對旅行社歐！
萬一又被騙，我怕你會承受不了！

我　就要變快樂了嗎？
好像感覺有一點了耶，天氣像
是、風景像是、小狗像是、心
情像是、腳步像是、說話像是
，好多好多地方都像是耶！所
以，我要開始迎接快樂了嗎？
請問一下樓下賣早餐的小姐。

你變快樂還要看風水歐？

如果我不在這裡，

那我會在哪裡？

如果我不是人類，

那我會是什麼？

如果天不再放晴，

那我會不會在今天出門？

幾秒鐘閃過一個念頭，

剩下的時間仍然不夠，

往 左走是對的方向嗎？

可是偏偏我後來向右。

這種情況可以叫多愁善感，
但說穿了就是想太多！

就 這 樣 ，

今天變成了昨天，

就這樣白紙變成了圖畫，

就這樣年少變成了白髮，

就這樣時間變成了泡沫，

就這樣我們都變成了一陣風。

光陰似箭，你要說的其實是這個吧！

我要帶一本書，

一張聽不膩的CD，

一直漂呀一直漂……

也許，我到了異鄉，

認識了一些朋友，

學會了當地的語言，

也許，我被大海吞沒，

變成海水裏的一顆泡沫，

那也還好，

至少 我 曾經用 這樣的方式在海上待過，
至少 我 曾經用 自己的方式任性過。

做人可以有個性，
但不要太任性。

我的左手已經不像我的右手，在被紗布包紮之後，在被濃濃的藥膏覆蓋之後，我不知道他現在快不快樂，他是我的左手，關心左手就像是右手，偏心右手，其實我不愛左手，你說你渴望自由，就像總是驕傲的右手，我說，我 只是凡人， 來不及 擔心這麼多，也許就像這樣，一動也不動，你就能體會被愛的感受。懂了嗎？我親愛的左手。

天啊！你連手都這麼龜毛歐！

在這個夜晚，我是疑惑的，在睡著又醒來之後，直到現在；在這個城市，我是寂寞的，在認識越來越多的人之後，直到現在；在這個世界，我是冷漠的，在認清了一個又一個的現實之後，直到現在；在這個宇宙，我是難過的，在快樂來了又必須離開之後，直到現在。這夜晚誰不疑惑，你說，**這城市誰不寂寞**；我說，**這世界誰不冷漠**；他說，**這宇宙誰不難過**；誰說？疑惑、寂寞、冷漠、難過，昨是今非，沒人能懂，你說、我說、他說、誰說？真的假的，由不得我。

這篇思想很老頭耶！

說再見，就只是說再見，就這麼簡單的說再見，

再見了上一秒鐘，再見了我單純的歲月，

說再見如此輕易，說再見心在滴血；

我們 時時刻刻和新的事物相遇，

又和 舊的事物分別，

我有時感到痛快，內心卻苦不堪言，

原因都是因為說再見。

有沒有一種粉神雕俠侶的感結啊？

宇宙上的一片沙漠，　我來過，剛踩的腳印，　風就吹走，炎熱後的口渴，寂寞時的移動，每件事情都在尋找合適的理由，晴朗的天空，無人的綠洲，地圖上找不到哪裡有我，繼續走還是原地不動，請一個好心的**路人告訴我，流浪是因為孤單，還是過度的想要自由，**我不懂，　忽然想問，沙漠會不會有彩虹，在這迷路的時候。

在愛人與被愛之間，
我們都容易選擇辛苦的愛人，
而忽視了正在愛你的那個人 ……
好矛盾 …… (苦笑)

喜歡，跟不喜歡，

都是這麼快就決定嗎？

地球人都是這樣嗎？

還是 因為 你的星座⋯⋯？

史上第n次的自問自答。

在那天，我終於明白了，原來 **不被喜歡是這種感覺，** 發生的現場， **有種不知所措，** 還故作鎮定的跟從前一樣。幾小時之後，強烈的感受到難過，趁著四下無人，大哭一場，雖然我早就知道地球人就是這樣，雖然外星人也會這樣。

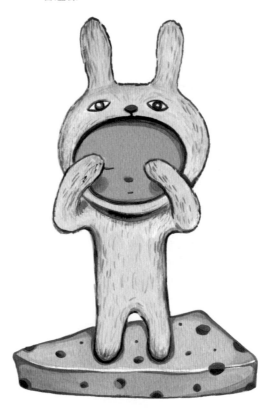

既然你已經不被喜歡了，
其實真的不需要花太多功夫難過，
因為對方現在可能正在吃鹹酥雞配珍奶，
左手還抱著別人歐！

我要騎車去旅行，
到遠遠的地方把這城市忘記，
也許沒有美好的心情，
但至少我擁有自己，
你應該沒聽過那個地方吧，
所以我才堅持要去，
於是，看起來很簡單的移動，
竟然變成療傷的旅行。

是我對妳太好了嗎？

才會讓自己變得不快樂。

是我覺得自己太重要了嗎？

還是這根本是不存在的問題。

感情的天秤說來奇怪，

從來不曾遇過重量的穩定，

這是 一場遊戲 ，

也是 一場戰役 。

談戀愛都嘛這樣，
你好她不好，
她好你又不想好！

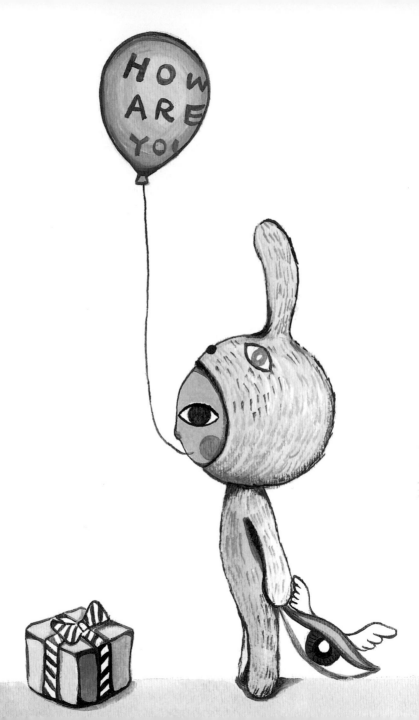

桌上的日記滿滿是妳，旅行會忘記看風景，行動電話不敢關機，微笑變成唯一的表情，**喜歡也說不出道理**，就是希望隨時心電感應，如果我能先去明天，我要在妳出現的街角讓妳遇見，桌上的咖啡已經冷卻，給點力量就能再熱一遍，我的世界不要十全十美，分點擔心妳願不願，窗外的雨不曾停歇，原來我也會耍哀怨，認真唱歌假裝無所謂，我是傻子也會失眠，心裡的想念不曾停歇，**只因為 我 住在妳的世界。**

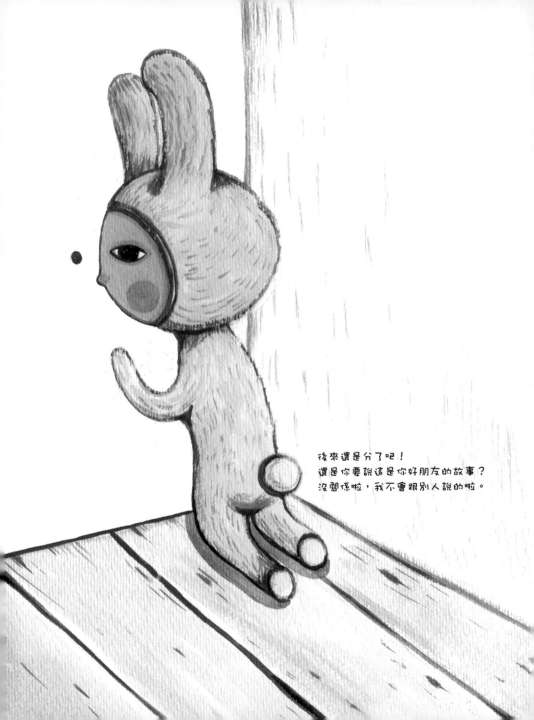

後來還是分了吧！
還是你要說這是你好朋友的故事？
沒關係啦，我不會跟別人說的啦。

我是 幼稚的，妳是 成熟的，
我是 執著的，妳是 自由的，
我是 矛盾的，妳是 灑脫的，
我是 安靜的，妳是 我不懂的，
我們 可以極度親密，
也 可以迅速別離，
這奇怪的人生！這奇怪的感情？

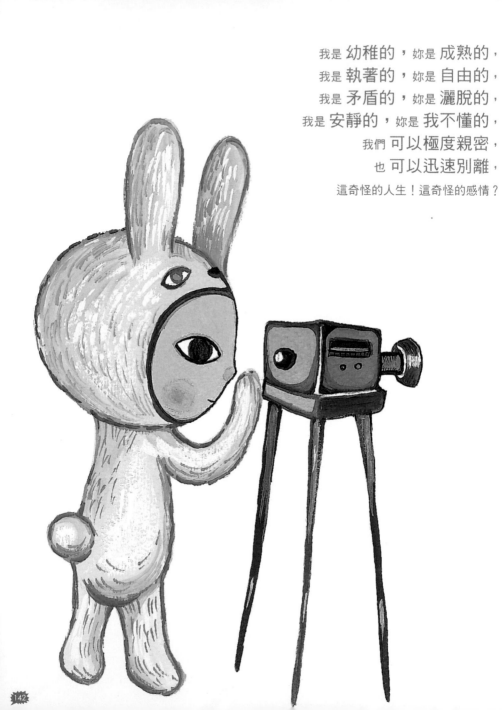

你現在講的是同一個人嗎？
是的話，我要報警啦！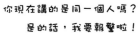

換了一個適合自己的髮型，
穿了一件屬於自己的新衣，
我開始知道自己要什麼，
也知道自己缺少什麼，
有些是 我自己想的，
有些是 別人告訴我的。

這首歌我唱的好聽嗎？
其實應該這麼問：我唱的這首歌，**你喜歡嗎？**

我們一起去唱了只有兩個人的KTV，
204包廂變成了豪華的練歌場，
也許氣氛不夠熱鬧，但還是真的很愉快，
很多事的有趣與否，
其實只是因為 有沒有 遇到 合適的對手。

 是歐，沒想過這樣也能唱，
那都是點男女對唱嗎？
採紅菱有點吧！MV拍的超屌的！

早睡早起真的有很多好處耶！

會聊這種話題的人，
鐵定仍然在繼續熬夜中。

早知道……早知道……
事情發生了之後，就沒有所謂的 早知道 了！

是歐，早知道就不跟你說我知道。

我們都希望自己的生活可以按部就班，於是開始編織所謂的未來，但往往突如其來的變化，讓這一切都被打亂，於是，我們又開始整理，又開始想像，又開始重新組合這一切，原來這才是我們的人生，它像是 一種拼盤，也像 一場華麗的PARTY。

是歐，你很會比喻耶！
你說的拼盤是海鮮口味的嗎？

COLORFUL 022

想太多

作　　者／眼球先生
企畫選書／何宜珍
責任編輯／何宜珍
美術編輯／吳美惠

版　　權／黃淑敏、葉立芳、翁靜如
行銷業務／林彥伶、張倚禎
總 編 輯／何宜珍
總 經 理／彭之琬
發 行 人／何飛鵬
法律顧問／中天國際法律事務所
出版／商周出版　城邦文化事業股份有限公司
　　　　　　臺北市中山區民生東路二段141號9樓
　　　　　　電話：(02) 2500-7008　傳真：(02) 2500-7759
　　　　　　E-mail：bwp.service@cite.com.tw
發行／英屬蓋曼群島商家庭傳媒股份有限公司　城邦分公司
　　　臺北市中山區民生東路二段141號2樓
　　　讀者服務專線：0800-020-299
　　　24小時傳真服務：02-2517-0999
　　　讀者服務信箱E-mail：cs@cite.com.tw
　　　劃撥帳號：19833503
　　　戶名：英屬蓋曼群島商家庭傳媒股份有限公司城邦分公司
訂購服務／書虫股份有限公司　客服專線：(02)2500-7718；2500-7719
　　　　　服務時間：週一至週五上午09:30-12:00；下午13:30-17:00
　　　　　24小時傳真專線：(02)2500-1990；2500-1991
　　　　　劃撥帳號：19863813　戶名：書虫股份有限公司
　　　　　E-mail：service@readingclub.com.tw
香港發行所／城邦(香港)出版集團有限公司
　　　　　　香港灣仔駱克道193號東超商業中心1樓
　　　　　　電話：(852) 2508 6231或 2508 6217
　　　　　　傳真：(852) 2578 9337
馬新發行所／城邦(馬新)出版集團
　　　　　　Cite (M) Sdn. Bhd. (45837ZU)
　　　　　　11, Jalan 30D/146, Desa Tasik, Sungai Besi,
　　　　　　57000 Kuala Lumpur, Malaysia.
　　　　　　電話：603-90563833
　　　　　　傳真：603-90562833
行政院新聞局北市業字第913號

封面設計／吳美惠
印　　刷／鴻霖印刷傳媒股份有限公司
總 經 銷／聯合發行股份有限公司
　　　　　電話：(02)2917-8022
　　　　　傳真：(02)2915-6275

■2006年（民95）4月24日初版
■2012年（民101）9月12日三版22刷　Printed in Taiwan
定價250元
著作權所有，翻印必究
ISBN 986-124-627-4

城邦讀書花園
www.cite.com.tw

國家圖書館出版品預行編目資料

想太多／眼球先生 文.圖.
　　──初版.──臺北市：商周出版：
家庭傳媒城邦分公司發行,2006〔民95〕
　面；　公分.──（Colorful；10）

ISBN 986-124-627-4（平裝）

855　　　　　　　95005005

這……圍兜兜怎摸沒手啊！
這樣叫偶怎摸吃東西ㄋㄟ～討厭～～
好啦！大家bye bye囉～

你看！沒手！連bye bye都沒誠意！